浪迹在最远的红尘里

任大伟 著

上海文化出版社

献给所有爱我和我爱的人们

To all the people who love me and I love

背后的光（代序）

任一

我不曾想过自己五十岁的样子，也不曾以男性的视角去看待世界，或者说，我的父亲教会了我不输于男子的勇气和独立，但我却从来没有设身处地地用"他"的视角看待世界。所以当纯粹的依赖和仰望渐渐消减，当我也开始有了自己拓展开的根系，并能以一个独立的女性个体去观察社会上的男性之后，对立悄悄出现了，并不断被加固。

越来越多的不理解和失望随着时间持续堆积，又在某一刻，突然消失了。应该是在工作中观察到的所谓"中年"，所谓"困境"，所谓"卷"，所谓"不得已"。这时候，才后知后觉，以不曾有过的心境，回望。然后，我看到了知天命的年纪里，父亲的天真，非常可贵的天真和让人心疼的天真，在那一瞬，唯一想做的，就是保护。

2020年的父亲节，曾有感而发，写道："从我还记得的那天说起，生活里最不缺的就是精神世界的富足。养的鱼游在水里，养的花都在诗里。即便长大后，无奈着身不由己，深觉着众生可怜，依旧觉得，有一方小天地，可靠、温暖。父亲节，说一句最

浪迹在
最远的
红尘里

简单的快乐，不再希望你责任深重。人生在世，最幸福莫过于活成孩子的模样，有着最理想的理想。"

再看这段话，真是简单又"不负责任"的许愿。毕竟责任不是担起来的，是长在身上的。所以我感谢这些诗，因为它所铸就的空间牢牢护着那些小小的感动，大大的爱。在这里，我和父亲一起走过他热爱的麦田和向往的雪山，走进黑夜也等待黎明，穿过斑驳的诗歌辞赋，驻足梵音缭绕的寺庙古刹。父亲感念过去，也亲近未来。父亲的诗里有他爱的一切，而这一切也都爱着他。也因此，在这个诗的世界里，所有的眼泪来自喜悦，笑容里装着生生万物，一路走一路歌唱，父亲像怀揣着青春和梦想的少年，永远不会长大。

我遗憾没有在自己也很天真的时候去了解这个天真的世界，现在的我更爱去思考世界的残酷，再以悲观的态度去审视人类，深觉这天地容不下贪婪的人性，也不觉得所有人都配得上诗中所写的那些美好，所以自认为错过了最佳的赏读时间。但就像在山顶听人对着天地高喊，不需要去理解他们喊了什么，是那全身肌肉一起发力的声嘶力竭，才最感染人。

长大对我来说，是总会在某一刻，感受到世界是一片无际的黑暗。但很快，我又能看到自己的影子，能感知自己的存在，因为背后有光，不耀眼，一直在。父亲的理想世界在暗自发光，照着父亲，照着我，或许也照着其他人。

任一，毕业于谢菲尔德大学国际新闻专业，文学硕士。纪录片导演、编辑。作品曾获上海新闻奖电视新闻类一等奖、中国新闻奖电视新闻专题二等奖等。

浪迹在
最远的
红尘里

我把曾经生活的大地给你
那是我唯一的绿洲，写上你的名字
我愿意跟随你走无穷无尽的前途

I give you my land where I once lived
It's my only oasis and please put your name on it
Then I'll follow you down an endless pathway

目录

我想和你一起走过春天

浪迹在
最远的
红尘里

浪迹在最远的红尘里

向阳的花儿和低头的麦子

浪迹在
最远的
红尘里

浪迹在
最远的
红尘里

我想和你一起走过春天

I want to walk through the spring with you

我知道春天会长大
会长出蝴蝶，长出热爱生活的蝉
我会在他们短暂的生命里驻足

I know the spring grows,
Sprouting butterflies and life-loving cicadas
I will stay awhile in their short lives

我为一个不曾有的理由而怀念

我为一个不曾有的理由而怀念
倘若没有水土不服
我因为贫瘠的土地而怀念
汗水和折断的锄头被珍藏
大雁飞过时我风尘仆仆
我为原野上思念我的布谷鸟而怀念
为夏天的麦子秋天的五谷杂粮而怀念
岁月把我摁在春天的雨水里
我为一颗埋在家乡的种子而怀念

祖屋和屋檐下的雏燕仍然记得
我为屋顶上瓦片碎裂的声音而怀念
我从没有如此接近星空和童年的尾声
我为老房子百年的烟火而怀念
门楣下那些官帽蟋蟀是我的臣民
我为了曾是他们的王者而怀念
我为家乡最初给我的光芒而怀念

我为姐姐出嫁时五更的灯火而怀念

我把无意中采撷的野花带回家

十字长街，沿着那条最长的路

我为只留下的半边门当而怀念

为从此心悸毫无结果的初恋而怀念

生命已经遥远，我为灵魂从未走远而怀念

我怀念清明时祖先墓地虔诚的祭拜

斑驳的墓碑刻有我的名字

世界记着我，像我偶尔记着你一样永远记着我

总有一天

我会越过人间的灯红酒绿走向你

为你狭小的天地接纳我而怀念

我为一切曾有过的怀念而怀念

浪迹在
最远的
红尘里

在十万片叶子里我看到了你的眼睛

这一天煌中还很寒冷，西宁也是
银色的哈达和彩色的经幡才有温暖
我们在八宝塔摄影时
你站在中间，挡住了青海湖的风

我们是在酥油花开的时候来的
你怕我呼出的热气融化季节
我说你这么认真地看那幅十六世纪的唐卡
她们就更有岁月更有生命

我们在那棵神圣的白旃檀树下拍了照
喇嘛说一切都从这里开始
布达拉宫和喜马拉雅，世界
在十万片叶子里我看到了你的眼睛

我不知道那尊慈祥的佛像下藏着多少信仰
我想你和我也是其中的一部分
天上的云和草原的植被，还有我们
都为等待一个虔诚的人
我知道所有的热爱，都会成为五体投地的拥抱

7

浪迹在
最远的
红尘里

我想和你一起走过春天

我想和你一起走过春天
走过那些听起来
美丽的节气
惊蛰、春分、清明、谷雨……
我觉着爱情也不过如此
这些被春风吹开的季节
我想和你一起走过

我们已经走过冬天
我们没有在冬天死去
其实春天并不遥远
她目光如炬地看着我们
有时候你有许多选择
比如，围炉夜读
但是
我想和你一起走过春天

我知道春天会长大

会长出蝴蝶，长出热爱生活的蝉

我会在他们短暂的生命里驻足

那些美丽的翅膀

和动人的歌唱

如果愿意

我们一起走过春天

春天总会姗姗到来，也会匆匆离去

孩子们的笑容晴空万里

我喜欢他们读"离离原上草"

于是我会想起洛阳

想起千唐志斋

想起"谁非过客，花是主人"

诗词里的故事太过浪漫

我一无所有

只想和你一起，走过春天

浪迹在
最远的
红尘里

如果不想你

有时候思念会不约而至
我不知道这是一个节日
阳光透过云朵落下
就像酒后的表白，有些胡言乱语
当我努力清醒时
你已轻轻入睡，天空下起了雨

有时候思念会不能自已

比如，如果不想你

我会有大把时间热爱文学

夜幕降临时写一些朦胧的诗句

我会一路向西

在一个叫喀拉峻的地方看星空

我会为一只美丽的鹦鹉

等待整个早晨

我也会孤舟蓑笠，漂泊在一片不知名的河湾

看似钓一江寒雪

其实是找个安静的地方

想你，和未来的日子

浪迹在
最远的
红尘里

致海子

我会在德令哈，在布达拉宫等你
读你那些虚无缥缈的诗句
海鸥在天空飞翔，她的翅膀和羽毛雪白
我想记住你的模样，记住你戈壁滩的脚印
我把我的肉体和灵魂给你
在高原的夜色和晨晖里，我虽生犹死

我会记住你的村庄
油菜花含苞待放，粮食有很多稗子
贫瘠的土地，像诗一样空空荡荡
我会记住一个偶然的春天
还有那以后无休无止的春天
母亲思念土地也想念孩子
我在云开雾散的原野里，屏住呼吸

我一定要在清晨的雾霭里怀念你

爱情的房屋有风有雨

晨钟暮鼓，斗转星移

如果人间的美好，是怀念

我真的希望，春暖花开

我在青海，在德令哈

我不关心人间的生生世世

我只想你

浪迹在
最远的
红尘里

我做了许多关于你的梦

春天的花用来装扮春天
而你却是冬天的诗篇
我总在回忆是哪一个早晨
和你不期而遇地相见

如今你已崭露头角
冰雪也掩不住你的笑靥
我未能赶上你的脚步
我在夏夜的星空露宿，在雪地里贪玩
请原谅我童心未泯

花开的时候，庄周梦见了蝴蝶

这些花草和昆虫

我怀疑就是整个春天

我做了许多关于你的梦

想象着另一个季节

不一样的动物和植物

想象着与你相见，风雪来时你盛开的容颜

其实我钟情每一个夜晚

和每一片未黄的落叶

我倾听花开花谢的声音

我总是梦到穿长衫的自己

而那个裙装少女

让我努力分辨这是春天还是冬天

尽管我注定要一往无前

但我更适合怀念

爱情故事

我总是思念爱情，思念草原
思念你和你的毡房
思念顶冰花开放

冬天已有千里，远方遥远
如果歌颂一个季节
春天就好

其实春天很美好很美好
有点儿像一个女孩儿的名字
所以才一见钟情

在爱情故事里
除了一见钟情，还有相见恨晚
多少美好

回忆

那时候一切都是透明的
天空是透明的
白天和夜晚是透明的
雨和雪是透明的
风是透明的
风吹树叶的声音是透明的

那时候你和你的青春是透明的
还有你的微笑
而最透明的是你的眼眸
透过她
你的心一览无余
而你的心
也晶莹剔透
如这个
一向透明的世界

我躺在樱花的落英里

这么宁静的夜晚，月亮的光
露水已漫过清晨
满天的星星和荠菜，因为清明

我和兄弟一起醉酒
春天的夜和白天一样漫长
阳光照耀，春草离离
你未必喜欢黄昏，而我热爱黑夜

那些死亡的，都是美好
假如，秋天或是冬天
理想和信仰无法凋零
犹如梅花绽放，不合时宜

我躺在樱花的落英里
那一天是否悼念
油菜花结子，麦子抽穗
爱你的人在读你的诗句
我不在你签名的诗集里
我在千里之外
我在世内和世外的世界里
祝福你

浪迹在
最远的
红尘里

我想把最美好的留在春天

天冷的时候，树木也会冷
枫树的叶子，银杏的叶子
那些结着花和果实的叶子
我听到一声沉重的呼唤

（每一片秋天的落叶都是对岁月的热爱）

我会为一枚枫树或银杏的叶子
写上中文、英文或其他文字
我会把怀念写下来，写一棵树和一片叶子的轮回
写我的依依不舍

我不在意秋天落下，或者等到冬天
我最好在你爱我的时候飘零
你会听到我落叶的声音
在我飞舞的时间里
闻到红苹果的香味

20

（每一片落叶，都寄托着一个诺言
生与永生，只有一棵树的距离）

我会在白天或黑夜里短暂飞行
根的方向就是我的方向
我知道我来源于大地，终归回到泥土
我因归于泥土而重生

我所要思考的，是做第一片还是最后一片落叶
我在想春天和冬天哪个更遥远
我想把最美好的留在春天
把我也留给春天

浪迹在
最远的
红尘里

一只羽化成蝶的虫子

落叶飘零时，我和一片树叶一样无所适从
月亮的影子，隐藏着时隐时现的秘密
一只平凡的虫子，作茧自缚
我感到生命撕心裂肺的疼痛

如果蝴蝶是我虔诚的上帝
我是否也要学会飞翔
晨起一袭薄雾，从此温暖我脆弱的翅膀
狭小逼仄的窗棂，飞进去扑向火
枯萎的油灯作证生命的轮回

假如冬天来临，我们仍然相爱
春天还会不会如期到来，以身相许
会不会仍然和我一起跋山涉水
历经四季
追寻一只羽化成蝶的虫子

你好春天

我爱在大雪遍野的日子
看一个万籁俱寂的冬天
想她冰冷的土地下
草芽生长河水流淌
我会拥一杯烈酒入眠
在醉梦里说，晚安

或者在淅沥的春雨里
听鸟儿一往情深的呢喃
和雨打芭蕉的和弦
感受生命的成长
阳光温暖，心海安澜
我会捧起一杯热茶与你
吟一句"春雨惊春"
问一声
你好四季，你好春天！

浪迹在
最远的
红尘里

今天，我想去一个地方

今天，我想去一个地方
有花有草有牛羊

今天，我想去一个地方
有云有月有星光

今天，我想去一个地方
你也在那里
我把笛声吹响
你，轻轻歌唱

表白

那些花开就花开
那些月圆就月圆
该读的诗就读
醉酒也是很好的日子

青梅酸竹马闲
谁要猜一个未来
若是两小
猜来猜去
那些爱便爱

读诗的时候
不醉就好
醉了就轻声一点儿
我只想安静的文字
读给花好月圆
也读给你听

浪迹在
最远的
红尘里

我为你做最美好的梦

此刻让我说一句话
我不会说我爱你
我会说
你在这里我也在这里

我因此为你做最美好的梦
会在读"以梦为马"时想到你
我写了一个青春的诗
是写给你的
我吟诵半生的月亮
最圆的那轮也为你

从此我不再写卿卿我我

尽管你仍倾国倾城

从今后我叶落大地

做那只活了千年的蝼蚁

这个世界给我的

我不能还给他

你给我的也是

因为这个世界里

我只是一滴土

光影下的那粒尘埃

是我的前生

也是我的今世

浪迹在
最远的
红尘里

浪迹在最远的红尘里

Wandering in the farthest world of mortals

天空依然没有改变
收获后的土地一无所有
我离开家乡离开春天的锄头

The sky remains the same
The land after the harvest is empty
I left my hometown and left the hoe in spring

思念

没有什么什么也没有，就是思念
那个病态的心动
在很小很小的少年有过

天空依然没有改变
收获后的土地一无所有
我离开家乡离开春天的锄头
那条流了很多年的河水
有个最熟悉的名字

当故乡依然有土地和庄稼
就依然有阳光
祖母说你走得多远就多远
她还在时，月亮也在，星星也在
庄稼是最好的收成
故乡还在

那个井壁的痕迹深深浅浅
有人说你知也不知万里千年
庄稼长出的地方，还长出庄稼
麦子和玉米的味道
欲说不说的，就是思念

经过了的没有千年
你梦到我的那个早晨
我在伊犁河谷
你思念的那个夜晚
漫天的星星相依偎
红柳树和红柳树在歌唱

浪迹在
最远的
红尘里

浪迹在最远的红尘里

今夜我在德令哈
为这次相见，我已等待半生
当然，你已不在
我在海子纪念馆
没有遇到姐姐
有个穿长裙的姑娘在读《日记》
泪眼迷离

我在乌兰路斑斓的霓虹里

看不到苍凉的城

我和你恍若隔世

胜利者已销声匿迹

戈壁还是戈壁

而你的德令哈

巴音河孜孜不倦

尘世的依然是尘世

今天，天空清澈

你的身边布满了星星

我知道你拥有整个天空

而我在天之下

在这个被称为人间的地方

浪迹在最远的红尘里

读你的诗，写自己的日记

仓央嘉措

我没有因为佛陀膜拜你

我怀念的是你的人间

我不向往布达拉宫的肉体

和雪域高原的王

我钟情青海湖畔的那片草原

袈裟锈迹斑斑却闪着光

我寻找湖水的倒影和你打坐的痕迹

夜深人静时，牛羊和我

在你的玛尼堆前踯躅

我无法分开哪些是佛经和诗篇

我知道你蹚过的那条河

三百年后会和我一起走过

仓央嘉措

诗人之死

今夜我在拉萨
天空晴朗，青稞丰收
今夜我在拉萨
银河低垂，繁星点点没有泪水

今夜我在拉萨，寻找一躯安魂的床
布达拉是一堵高高的墙
布达拉宫灯火明灭
那是唯一的产房，轮回

离天堂最近的是死亡

今夜我在拉萨，在布达拉
今夜群星闪烁，人流拥挤
我燃起香烛，割下头颅
以裸露的伤口
写下自己的名字

今夜庆祝诗人之死

敦煌

我在雨水的夜里梦见你
一座干旱的城一条干涸的河
然而我没有悲伤
我知道那个城市已被埋葬
烽燧也燃不起篝火
然而我没有悲伤
我知道从那里开始
往东是长安，往西是楼兰
我知道灿烂过的仍然灿烂
我想做这片土地的君王

我知道那里有一千个洞窟

和一千个朝代

我知道那里有一千次轮回

生和死都是我爱的人

于是我在东海的沙滩上眺望你

黄沙是一样的黄沙

我穿过万里的土地走进你

我知道那里的生死有同样意义

尽管没有一粒沙子属于我

我仍然要做他的君王

就为那个搅动世界的"飞天"

和

"西出阳关无故人"的诗句

浪迹在
最远的
红尘里

来到楼兰

我在风沙肆虐的夜晚来到楼兰
我穿着厚厚的汉服和千层布鞋
天空没有一颗星星，我很寒冷
楼兰和楼兰的天空很寒冷

木头的房子木头的床
这是一千岁的木头
我睡在美丽的坟墓和美丽的姑娘旁
我梦见他们用木头制造祭坛
孔雀河水波荡漾
阳光长成了木头
我梦见楼兰的木头发了芽

我知道死亡会成为永远，就像楼兰

我知道生命诞生生命才是真的永远

寒冷时我在楼兰想念一颗种子

其实我更想一棵分蘖的庄稼，一棵开花的果树

想一只正吐丝的蚕

我热爱一切卑微的生命胜过壮烈的死亡

我来到楼兰，是因为曾经的生命

立春

此刻，我燃起一炷香
你会看到氤氲缭绕
而我，却想起一只蜘蛛和他的家
那是我与神祇的对话

我会想起你和你的从前
那个时光我信仰懵懂
我最爱的记忆是曾经少年
此后慢慢长大

我总是祝福未来，有个不染风尘的前程

我最渴望的是田野的目光

布谷鸟飞来时，万物沸腾

那是丰收的祠堂

夜晚因为黑暗而遥远

路也漫长

我一直祈祷母亲和她的孩子

我站在祖先面前

那些指引我的

是一场春雨的邂逅

和今夜依然可见的星光

浪迹在
最远的
红尘里

选择

夏日的午后，一望无际的麦子
出人头地的高粱，还有许多果实
让我想起青葱这个词
想起他们最初的样子

这让我无法判定成熟的方向
那些红的黄的甚至紫的，让我意乱神迷
唯一清晰记得的
是他们最初的颜色
和他们几乎一律的年少往事

三江源流下的水，也是一样
他们经过苔生的草
变得清澈起来
这或许只是短暂的记忆
一如道路旁的那棵银杏
走过了季节也就变了颜色

经过半辈子的天空仍然很蓝

这总让我混淆岁月和颜色的意义

就像我和一颗树说话

我不是病人

包括给一朵花写肉麻的文字

其实

我退去外衣，在围墙的院子里沐浴阳光

很多时候是等待下雨

十六岁的那个早晨

我背起背包，掸了掸脚上的土

意识到我不是河流也不是一棵庄稼

我努力让自己干净，因为以后很长的路

浪迹在
最远的
红尘里

故乡记忆

故乡是秋天的记忆
秋天是故乡的名字
天空很远星星很近
食物和植物
都很离离

那时的雨很甜

草木葳蕤

树也是树的样子

风也像从前

玫瑰凋零如雨

我热爱果实更珍爱花季

故乡里我已物是人非

只见长笛吹响

无从霜染征衣

最最思念

那个唱《将进酒》的兄弟

歌声摇落弯月

一边是江水茫茫

一边是白帆依依

风鸢

我们总是歌颂土地
和那些曼妙的生命
在青色的庙里祭拜
每一朵花都有果实
野草也有种子

犹如我走在梦里
台阶高悬
青苔生在脚下
书声响彻耳际
我一定会沉默或吟咏
牡丹花开，山川逶迤

当所有的窗布满绿萝

当每一面墙都在成长

我们就不只歌唱土地

那些立起来的

不仅仅是原野

还有人间的生生世世

远方已经远离

叶落总归大地

天上有一只风鸢

于无声处

是那句牵肠挂肚的话语

浪迹在
最远的
红尘里

我和你，和海一起

通常，我喜欢一个人看海
在无风的夜里
明月生在海上，我坐在海边
其实海很遥远

没有人知道海的遥远
包括我
当然也没有人知道我的
还有你
我不带你看海，尤其是在夜里
我不想你也遥远

如果明天，天很晴朗

我们相约出海

最好有风

一只小船在大海里摇曳

我和你

我们和海一起

到那时，海不遥远

也就百年

童话

一个人的时候，喜欢看雪
喜欢阳光和雪一起落下
如仲夏夜里开放的栀子花
喜欢在一个萌发春天的夜晚
有一场猝不及防的相遇

为此我等待多年
梦想着一见钟情，流连忘返
如今雪花已开满大地
这世界毫不吝啬给我的
除了时隐时现的星光、枯萎的落叶
只有那本薄薄的童话

多想你热爱天空，热爱天空的雪

热爱飞翔的鸟和它的种子

热爱那个叫"海子"的人

在风和日丽的午后，喝一杯下午茶

也偶尔热爱我和我的诗

我知道不会所有人爱我

有你就足够

我也知道不会所有人爱我的诗

大漠孤烟长河落日

这世界不需要那么多

冬天的花，爱我的人

还有我清白的一无所有的文字

也就足够

浪迹在
最远的
红尘里

草原的孩子

我喜欢安静的早晨
你静静地站在那里
我什么也不做，就看你
和你的羊群
看美丽的那拉提
巩乃斯河千山万里

我总以为我是草原的孩子
春天来时我百花盛开
其余的日子，我等待春天

星空

草是美丽的花，像风一样
你站在风里，像爱人一样

葵花的种子很多
草原很绿
云很远很远像爱情一样

那拉提还是喀拉峻
最美的是草原
最爱的是毡房

今夜我在这里
漫天星空像你一样

浪迹在
最远的
红尘里

红河

我在花开的时节
在江南的春天
来到这里
从春天走到春天
从此春天永远

今夜我在红河
春水千里
枕两岸青山入眠

山丹军马场

美丽的名字杀气腾腾

经过汉朝，这匹马二千岁了

草原也是

生长二千年的草，以梦为马

如果种一棵树

变成拴马石

哪里有

千年明月夜

万里好河山

浪迹在
最远的
红尘里

我站在空荡荡的田野上

我孤独一人守候六月的鸟群六月的庄稼
田野里散落的坟墓是天空的谷仓
麦子熟了
我为六月的天空和大地挥汗如雨
大地的谷仓是天空的泪水
我站在空荡荡的田野上
我站在连绵不绝的谷仓上

鸟儿从四面八方飞来

他们记得这片美丽的田野美丽的庄稼

每一个早晨我像精心打扮的稻草人

我孤独的站着，等待每一只鸟儿栖落

我知道这是我最后的家园

浪迹在
最远的
红尘里

天涯旅人

同在天涯的旅人

请停下你的脚步

让我们和着今年的初雪大醉一场

为远离亲人的时日

为走过的山路、河流和一望无际的原野

为夜晚的星星和路边的野草

也为明天早晨依然照耀的光芒

或者不需要什么理由

就为"晚来天欲雪"的诗句

在唐诗醉过的天空下

在宋词沐过的风雨里

在一切留下深情和脚印的土地上

哪怕今夜雨雪全无

也要和着江上清风山间明月大醉一场

醉了，就轻声问一句

君自故乡来，寒梅着花未

今夜走在戈壁

我知道这里只我一人
和一匹垂死的马
我知道我已行走千年
今夜走在戈壁

我知道每颗指路的星星
和每一片沙丘
我知道沙漠里的贝壳
这是亿万年前活着的生命
今夜和我一起

我知道他们有回家的记忆
我是昭君和亲队伍里的马夫
也是岑参军帐前的卫士
我已行走千年
我是大漠和戈壁的孤儿

我知道有条船停在苍凉的戈壁
月光照着锈红的锚
我知道我是一个年轻的船长
我有足够的时间
等待回去

63

建水印象

我是喜欢这座城市的
喜欢她时光倒流的样子
满街的旧房子给我错觉
空气里是宋朝和明朝的味道
天上的云被唤醒
像是千年岁月等待轮回

走在孔庙的学海旁
听到一千年重重复复的呼吸
我翻开随身带的书
这些同样的文字已吟咏千年
满城的紫陶氤氲着墨香
阳明先生说
一件事重复千年就成永远

烧豆腐的少女是老街的风景
她温暖的乡音给我温暖
三三两两的食客中，我是外乡人
我坐在一千多年的街道旁
想着年华似水，月照星河

打电话给上海的朋友，他正在拥挤的地铁上
此刻我感到莫名的幸福
说到底，我不喜欢暗流涌动的繁华
我喜欢建水熟悉而陌生的样子
如果愿意
就这样栩栩如生地坐着
像回到了故乡

和你打马归故乡

在每一个河湾处，太阳照耀
毡房是草原的家
月亮是草原的爱情
那拉提拥她入怀

风吹到的地方，莺飞草长
所谓生命，其实是一个相见
草原上那个盛装少女
她嫣然一笑
就是春天

冬不拉琴声悠扬

伊犁河如泣如诉

我听到温暖的歌声

我知道那片紫色的薰衣草

正在开放

和你打马归故乡

当月圆时

当月圆时

从兴安岭到祁连山

从北国到江南

在长江与黄河之间，在大地中原

用我最思念最思念的思念

把故乡洒满

从迁徙的大雁

到啼血的杜鹃

当月圆时

聆听母亲的呼唤

用我的双耳紧贴草原

然后安然睡去

三色堇和苜蓿草茁壮成长

康乃馨花开一片

这是最温暖最温暖的温暖

阳光和月光照着我

从满头白发

到懵懂少年

从梦中的欢笑

到醒来的泪涟

浪迹在
最远的
红尘里

那拉提

草一样成长
花一样开放
风吹草低
花开向阳

我有一颗种子
是种在土里
还是种在天上

一匹马

花的美丽是她的种子
草原的成长是她的牛羊

我有一匹马
马蹄声声
马蹄声声

不找寻诗和远方
比远方更远的
比理想更理想
比故乡更故乡

向阳的花儿和低头的麦子

Sunward flowers and bowed wheat

我知道那里有一千个洞窟
和一千个朝代
我知道那里有一千次轮回
生和死都是我爱的人

I know there are a thousand caves
And a thousand dynasties
I know there are a thousand cycles
Whatever live or die, they are all the people I like

今夜

我拒绝你的花纸伞
今夜
为淋一场月亮雨
今夜爱情不是主题
风的方向，桂树的温度
今夜
所有月光另有意义

每一扇窗下都有一轮明月
每一轮明月
都有一个故乡的信徒
今夜所有月光，都很潮湿
今夜所有月光，都有归途
今夜诗与远方，就是故乡青砖黛瓦的祠堂

今夜桂花飘香

今夜更醇香的是太白先生的酒

在花间

我相信此刻月亮已失去自由

我知道普天之下

今夜祖先都会复活

我知道，今夜

所有异乡都是故乡的影子

今夜

天空是人间的道具

今夜

月亮是盏灯，被故乡点亮

2021年10月中秋节作

浪迹在
最远的
红尘里

我把曾经生活的大地给你

我愿意和你一起穿过黑夜
明天的太阳就要升起
如果黑夜也有生命
树木也有心
我们何以只寄托黎明
何以对冬天的凋零无动于衷

我把曾经生活的大地给你
那是我唯一的绿洲，写上你的名字
我愿意跟随你走无穷无尽的前途
那只挂着白帆的船
我愿意是桅杆上微亮的灯火

如果我死了，就感谢这个世界
感谢活着的你
感谢你眼睛里的光
我想那是我们的约定
我在荒原里抚摸奔腾的河流
那也是我的来生

也许有人诅咒我
我还是丛林里的王
风吹来时，风的声音就是我的呐喊
我愿意也有百年岁月
在祖先的牌位下
做一回后代子孙，被敬仰

浪迹在
最远的
红尘里

致海

围绕着你拥抱着你用山样的沉静吻你

因为你是海我是岸

将厚厚的忠诚压成长长的水域等你登陆的浪花

放飞海鸥放飞帆放飞青春的羽翼驶进你蓝色的深邃

我是岸包容期待包容寻找

如寻找我的另一半找你

尽管你与我咫尺相望与我耳擦鬓厮

我寻找海的灵魂如你

以野性的叩击探寻洪荒的交融滞留的沟壑

储存了海的力量天的力量寻找脆弱的突破

给你自由寻找坚实的背脊宁愿做漫长的等待毕竟我是岸

如礁石如锈腐的铁锚如永不平静的海等待到永恒

会将期待撑做帆将信念铸成橹为冲浪而冲浪

用焦渴的心燃烧的心痛饮那一望无际的碧波

尽管流血化作灿烂烂的忧伤注入苍茫茫的向往

然而坚信海属于岸属于我因为海孕育着我的太阳

向阳的花儿和低头的麦子

麦子金黄
风雨骤烈
河水漫过田野
我的双脚踏着泥泞
鱼在田垄里游弋

路边的葵花开了
阳光照耀
和麦子一起孕育种子
那些向阳的花儿和低头的麦子
指引航程

天空蔚蓝
大地踯躅
布谷鸟飞来飞去
我在人群里前行

浪迹在
最远的
红尘里

秋天的花椒树
——纪念父亲

坟墓的黄土已老

新鲜的供品还在，蜡烛已熄灭

通向死亡的路干干净净

所有的一切干干净净

我站在这里，哭声犹在昨天

我站在这里，眼里已没有泪水

大雨来自天上，众神都在地下

五色的稻谷用来祭奠

天空飞来的，是远方的大雁

我不配做一只大雁

我没有他们的雁行

我是他翅膀下衰老的羽毛

在适宜的日子掉落

温暖，悲伤

我知道死亡一无所有

土地一无所有

我要在这里栽满秋天的花椒树

等待所有的飞禽栖落

这也是我的家园

我要在花椒成熟时和你一起采摘

看你幸福的笑容

我从这里开始，从这里结束

我醒着和做梦的黑夜

2021年9月父亲百日祭日作

怀念

父亲，原谅我不能陪你
无论生前还是身后

家乡的原野，有很多子孙
草是否生长，花是否开放
都在怀念

都说叶落归根

可一粒果实，总有他的前途

我一直在寻找

热爱的土地

肉体和灵魂

我不能确认，来自哪里

孩子说

爷爷在哪里，你就在哪里

风吹过的地方

是你的故乡

也是我的故乡

浪迹在
最远的
红尘里

两行诗

一

天黑了
草原没有眼睛，乳房雪白

二

所有成长的都是种子
所有凋落的都是叶子

三

黑夜看不见黑夜
诗人举起了斧头，诗人啊

四

没脚印的地方是雪

没雪的地方是我的脚印

五

父亲送葬的队伍里

有个婴儿，襁褓里的婴儿

六

莫高窟废弃的洞窟里

青稞熟了

浪迹在
最远的
红尘里

故乡

五月最后的日子，我知道家乡的麦子熟了
在此之前，杏也熟了
再往前，油菜花开，落英成泥
我知道油菜结子，麦子灌浆时
这些平平常常的果实和平平淡淡的花
就成了故乡

我一直梦到母亲在田野的样子
她穿着干净的白衬衫，在宽广的麦田里像个孩子
她会在放下镰刀时使劲闻那些新鲜的麦穗
沉甸甸的笑容会感染很多人
就像在课堂上讲唐朝的诗句

我知道长满庄稼的大地与母亲有关
我知道装满孩子的教室与母亲有关
那首"君自故乡来"的诗也与母亲有关
还有故乡
我知道所谓故乡，就是母亲在的地方

2019年3月母亲生日作

浪迹在
最远的
红尘里

母亲还好吗

母亲还好吗
今天是你的节日
他们都在登高
插遍茱萸酹金酒
都在念菊
人比黄花望乡台
而我也在
他们都说
这么遥远
就问问母亲

酪酊酬佳节
登临思春晖

我想陪陪你，母亲

我想陪陪你，母亲
春天已过，夏雨缤纷
梧桐树绿荫婆娑
母亲，你还好吗

桃花开过，梅子青葱
故乡人来人往
我也怀念家乡的田园
紫荆树花开有时
我被一幅副春联，震彻心扉

满堂花醉，万里归途
母亲，一切安好

浪迹在
最远的
红尘里

无题

所有的灯已经点亮
再过一会
一个巨大的黑夜就要来临
这是我一个人的黑夜

所有的面孔都只有两只眼睛
看着我，像童话故事
所有人都拿着刀枪
而我被捆在窄小的床上
我们用生命表演一场活剧
我是主角

有两个魔鬼

一个在身体里

由他们捉拿

一个在灵魂里

等我厮杀

鲜花用来庆祝也用来哀悼

和我一起穿过黑夜的

是千疮百孔的肉体

2021年9月手术后作

黑夜

黑夜把天空盖上
严严实实
天空像个婴儿
露珠是黑夜的眼睛
看着黑夜

黑夜是一幅水墨丹青

所有的花朵都蓄意开放

露珠不是花

露珠是花的眼睛

黑夜里我紧握手指

我的鞋子是两只没有帆的船

划过黑夜

黑夜是短暂的家

露珠也是

在黑夜的边缘签上我的名字

我想做个战士

我想做个战士

不是无情的盔甲

重要的是牺牲和牺牲下的理想

有血有肉

可铺道路可做前程

雨下了冲不走什么
雪也一样
乌云占领了世界
阳光还在天上
我就想追随一面旗帜
红星点点随风飘扬

夜晚总是短暂
比夜晚更短暂的是这个诗篇
你明天醒来
又回到了从前
我宁可战死
百无了念
也不想偷生
在理想里苟延残喘

浪迹在
最远的
红尘里

牺牲

不知道我死了会不会有墓碑
那上面写什么文字
如果用樱花编织一个
会不会随风飘零

魔鬼与天使同行
他们穿不一样的衣裳
他们也有不一样的死
如果他们死了
是否也有不一样的墓碑
诅咒和怀念

我倒不在意有无墓碑

用那些没有生命的纪念生命

我还是喜欢你们嘈杂的声音

这才是人间

我也喜欢你们虔诚的祝福

江水终将入海

花朵一样盛开

如果这样

我在春天死去

也不后悔

2020年2月疫情中作

浪迹在
最远的
红尘里

我也是大地的孩子

不要说我是天使
天使没有翅膀吗
天使不能飞翔吗
天使要流汗流血
还要流泪吗
你见过天使的眼泪吗
天使会死吗

我不是天使

我不来自天国

我从来就在人间

我是父母的孩子

是孩子的父母

我是丈夫是妻子也是姐妹兄弟

我来自你们中间

我和你一样与千万人同行

我不是天使

我和你一样踯躅人间

和你一样雪落大地

和你一样春暖花开

我不是天使

我是大地的孩子

2020年2月疫情中作

浪迹在
最远的
红尘里

我是一颗无法治愈的青梅

我在五月，想你残红堆积

落英还未成泥

盛开的花都在结果

青草、野菜还有玫瑰

那些艳丽和低调的果实，光辉灿烂

春天依旧，秋天丰收

我在高高低低的夏季

无处躲藏的热爱

为那只刚刚落花的青梅

阳光温暖，成长无声无息

茁壮和不茁壮的种子，一样旖旎

杏树和李树的花百转千回

我无法猜测她们的思想

我轻轻咬住你的指尖，纯洁而青涩

我的嘴唇流血，鲜红

我也是一颗无法治愈的青梅

105

本草纲目

六百年，应该足够遥远
遥远到每一棵草都记忆深刻
每一个名字都治愈岁月
而我是他的后世子孙

草也好花也好果也好
谁能透过它看到人间
透过虚无缥缈的天空描绘尘世
肉体和灵魂放在同一本书里
任人翻阅

我从不想如何把它读完

翻一半，另一半等风吹来

一本书就是万水千山

如果此后时光荏苒

我只需一株草，把心长满

草本为什么叫本草

字里行间隐藏着多少故事

山谷间田野里有多少生死

大明的蕲春还有多少传奇

我知道那棵艾草

在我家门前，已生长到今天

浪迹在
最远的
红尘里

泪水

椰子树在哭泣
海浪在哭泣
海浪和椰子树在哭泣
月亮捧出自己的光
那是苍白的光
母亲出门了
母亲握着镰刀
夜晚还在黑暗中
夜晚在很深的黑暗中

你不能说大地喜悦

椰子在流泪

镰刀在流泪

椰子和镰刀在流泪

母亲心硬如铁

一只椰子飘到海上

一只椰子去彼岸发芽

天空红得像血

早晨的天空红得像血

母亲放下镰刀

有生命死亡

有生命诞生

有生命死亡和诞生

菊颂

叶子枯萎，亦如花开
河流连接着河流，一心向远
野草祝福庄稼
不是所有美好都百花吐艳

落英成泥的凋零
不如傲立枝头
用生命报答土地才是最深的爱恋
我无法挽留季节
把一本书读完，就是秋天

风吹过清晨，单影孤帆

回眸一瞥就很温暖

霞光如一袭汉服唐袍

拥秋香入怀

只那一点雨露霜雪

就把秋天开成春天

明天的石头鲜花一片

天空为谁流泪
一个老去的孩子
一个天空的孩子正在老去
破旧的屋顶已经敞开
草长在光滑的石头上
生命长在光滑的石头上

河流没有屋顶
天空为谁流泪
石头还是那样的石头
一只老帆船已经搁浅
这不是它的家园
他还要漂泊很长的路

石头是土壤的祖先
石头长出房屋，长出河流和庄稼
石头还是那样的石头
天空为谁流泪
才会治愈一个老去的孩子
风雨霜雪，月照星河
转身遇见你
明天的石头鲜花一片

113

我渴望阳光

我渴望阳光
温暖我寒冷的躯体
晴空里与你并肩而行
如树影婆娑，浓叶滴滴

无法抗拒或思念
阳光沐浴我的心
犹如我不能抗拒
鲜血和生命
谁能躲过
阳光相约的日子

我为此感动

最绚丽的色彩由我拥有

照亮一世一生岁月

当然还有那片蓝天

和天空下飞翔的鸽群

其实我早已厌倦孤独

厌倦寒冷的冬天

像冰层下呻吟的莲花

期望幸福的阳光

这是我心中唯一的温暖

我为什么而寻找

火种

是什么让我再次漂泊
在迷失理想的地方流浪
我是否是那颗欲望的火种
埋在夏日的深水里
等待风雨兼程的阳光

我分明就是一棵深秋的树
在落日里听你温柔的喃语
以裸体承受真切的爱抚
掬捧你归宿的巢
洒一地叶子金黄

青春的心
如骄阳下打碎的宝石
或漂洒的红叶
每一片都是璀璨的爱情

浪迹在
最远的
红尘里

总有一些美好，会从万水千山走来

There is always some goodliness coming
from a long way

总有一些美好，会从万水千山走来
又带你走进万水千山
恰如每一个春天

There is always some goodliness coming
from a long way
And take you into its journey in turn
Just like every spring

风吹着种子流浪

今夜的月光美好
月光照不到的地方
惊蛰的脚步和鱼的汛期
雁群飞回的消息
无论雨和晴朗，都很美好

风吹着种子流浪
这是春天的风
草原改变着颜色，冰雪消融
开满鲜花的苹果树
生死相依
我拥抱月光和月光的倒影
那些春天里苏醒的生命
那棵就要灌浆的麦子
悲欣交集

总有一株植物，感谢雨水
每一个纪念，都会迎来清明
田野和坟墓长一样的青草
城市里雾霭风尘，月光仍然明亮
生命总在死亡的躯体里
我与他们一路同行
用这种平凡的方式，热爱春天

我把春天给你

我仍然流连在这里
伊利河已经安静
天空如史前般深邃
我怀疑毡房是不是生命
就像那拉提有没有黑夜

我接过红妆女孩的奶茶
上面酥油如花
我躁动不安的信仰
如春天里的牛羊
我喜欢世界的一切美好
都不如今晚，这一片草原

我总被那些纯真感动
为此写一些直白的诗句
在这样的夜里
我愿意一贫如洗
只为把整个春天给你

浪迹在
最远的
红尘里

候鸟

江南的烟雨总是缠绵
我总想抚摸她的羽毛
我知道不是花开的季节
除了思念

我知道天涯并不遥远
我知道遥远会播下种子
遥远会成长遥远
就如每逢佳节，思念会更思念

如果这里，我会祈祷一些稻谷

在寒冷里温暖生命

我希望南方的土地

植物和动物生长

我记忆那些亲切的名字

其实候鸟也熟悉这个世界

她们飞过了千山万水

飞到了春天

浪迹在
最远的
红尘里

春天的呓语

我在黑夜里飞翔
黑暗遥远
星空寂廖，马蹄声声嘶哑
黑夜里我是最后一个旅人

我想牵你的手

把我最重的手臂给你

我想把你留在田野的脚印里

我注视你的追随，就像天空照耀我

太阳猛烈，禾苗生长

我喜欢野草荒凉的滋味

雨水的季节雨水泛滥

春天从来用来祭奠，夏天成长

长满青草的坟墓是我的祖先

大地的尽头一无所有

你不五谷丰登

我拿什么歌唱和怀念

我知道所有的种子都会发芽

我知道，所有的都会成长
我知道阳光之下，万物生长

我知道每一个春天都百花灿烂
每一条河流都冰雪消融
我知道秋天会播种，麦子会成熟
我知道夏天是我的情人

我知道雁群会飞向温暖的地方
鱼儿也有他的方向
我知道所有的种子都会发芽
姐姐都会长大
我知道你呀，我的兄弟
我知道你去了德令哈
那天晚上你看到了银河
而我看到了你

我知道你曾经以梦为马
和我一样思念草原
我知道春天来了，会有十个海子
我知道雨水会洗净泪水
于是我用所有的天空
唤醒春天
等待春暖花开，沧海桑田

浪迹在
最远的
红尘里

寄语

风吹到哪里会有麦浪
情深到何处才会成长
一棵树长了多少年才不朽
草原会画出生命的年轮吗

季节易老

时光轮回

天空依然蔚蓝

白云还是白垩纪的那朵

你说天空没有生命

蓝色不就是她的生命吗

而且深邃而且永远

遇见只有一瞬

有爱终归千年

浪迹在
最远的
红尘里

春天是春天的季节

在一片树叶里看到
在一声鸟鸣里听到
春天
春天没有经我们同意
春天哗啦啦地
走向我们

阳光还在昔日
大地依旧寒冷
小草已伸出手
她举起自己和自己的露珠
像鸽哨迎风飞扬

春天也被她举起
空中已纸鸢满天
我从城市走向田野
所有的麦子一丛丛成长
麦田长成春天

春天是春天的季节
春天张着绿色的眸子看着我们
我无法感受春天
春天唯一给我的
是未名的野花
和有名的自己

135

我热爱生命的朝露

我热爱生命的朝露
我也是露水一滴
生命短暂，我是你的拥抱

我追求黑夜和她的黑暗
露水也是她的梵音
我被天空打湿裤脚
田野无边无际
我想总有一个一起的生命

我担心所有的高原
因为露水成雪
我知道许多地方还是冬天
寂寥覆盖爱情

我因此寻找你的脚步
和不相识的人喝酒
讨论青稞是不是麦子
悲欢离合

我永远寻找一个旅人
然后，生死别离

浪迹在
最远的
红尘里

蓝色的花

为那朵蓝色的花
寻觅遥远的记忆
丢失的岁月已生出青苔
淹没少年的足迹

然而
思恋却从未丢失
走到哪里
总看到铺满蓝色的路
那朵蓝色的花
是你彩色的眼睛

也许因你
天空和海洋成了蓝色
似你温柔的裙
或许为我的思恋
风和阳光成了蓝色
编织迷人的梦
浓郁，溯遥
为那朵蓝色的花

浪迹在
最远的
红尘里

梦境

森林淹没我
森林像一把又一把伞遮挡我
雨中的森林我赤身裸体
我拥抱每一棵树
在每一棵树画上花和果实

我等待天空晴朗与山鬼相见
把掉落的叶子一片片放回树枝
让山鬼成神
我在裸露的土地上埋一颗种子

我看到森林里若隐若现的眼睛
像一本为我写的童话为我祝福

141

十四行：赞歌

我在贫瘠的土地歌唱
无数人把目光投向死亡
我血迹斑斑没有玫瑰
那些卑微的生命给我安慰

灵魂附在温暖的肉体
我跳动的心给你触摸
是虔诚的祈祷还是无语的诅咒
哪些是灵魂发出的声音

我看到你热烈的眼神和鲜艳的唇

当春天从冬天走来，当夜晚离去

我牵着如花的岁月与你一起

我希望天空光明，百花盛开

热爱丧心病狂

我希望黑夜里永远有一道光，被珍藏

浪迹在
最远的
红尘里

今夜月光很好

我不喜欢浓墨重彩的黑夜
除了月亮
我看见过那么多月亮的天空
我喜欢天空干干净净

今夜月光很好
今夜天空除了月亮一无所有
今夜天空干干净净
你站在我面前
月亮和天空都很美好

我因为月亮的美好热爱黑夜
我在一望无际的黑夜等待月出
我愿意抛弃云卷云舒的黄昏
和你一起
等待一生一世的黑夜和月出

我会等待每一个月亮升起
等待每一个和你一起的月亮升起
黑夜里我牵你的手
旁边是我们的房子
房子里是刚刚点亮的灯火
我有一个美好的秘密告诉你

浪迹在
最远的
红尘里

仲秋

等待一个团圆的日子
等待桂树
把碎碎念的花儿开放
等待温柔的风儿，羽衣霓裳

等待黑夜，等待柳树的枝头
等待短暂的云和永远的月亮
等待从楚辞里开始的时光

等待一个诗人，和他的大唐
杯盏相撞，星稀月朗
等待一个诗人，从眉山到汴梁
明月几时有？
等待千里共婵娟与低头思故乡的合唱

等待你到来的那一刻
等待你捧着诗书的模样
等待你红唇微起珠泪成行
等待一个团圆的日子
你轻轻地吟咏：
天涯咫尺，明月海棠

浪迹在
最远的
红尘里

冬天被唤醒就是春天

一棵草被发现就成了庄稼
生命总被生命隐藏
飘落的枯叶，开败的春红
孩子们咿呀的话语
谷仓里的粮食等待发芽

当白雪铺满大地
田野如死一般荒芜
其实是另一种新生
禾苗和甲虫在看不见的地方躁动
种子已有新的名字
冬天被唤醒就是春天

这时只适合讲美好的故事

踩进去才知道，这种平静
天空不在乎你这点涟漪
云仍然不动声色地观望
你如果奔跑，沙子会记录你的脚印
海水不会，他会随时抹平

天空没有倒影，岛和礁石也没有
随便站在哪里都感到完美
月亮因不能更完美已被拷问
直到一个孩子走来，他说
明天早一点儿，就可以乘月亮船

夜深了空气有些沉默
这时只适合讲美好的故事
风仍然很自由地吹着
海浪已闻到远方的味道
如果此刻巨浪涌来，他一定在想
椰子树和我，哪个更需要雨水

浪迹在
最远的
红尘里

总有一些美好，会从万水千山走来

于是我选择冬天
选择在万籁俱寂中
做屋顶上的那声鸽哨
也选择风和雪和我的颜色
让冬天更像冬天

被雾霾污染的山河
不能再污染美好的人间
我赤脚走在雪地上
黑雪的下面仍然是雪
我一直怀念不被践踏的夜晚
尽管寒冷，但是干净、安然

我知道天空把我放在这里

该有多么热爱

就像欲言又止的这首诗，多么清白

雪花落在你身上也落在地上

当我从一朵雪花里

闻到青草的滋味

于是我猜想这就是春天

总有一些美好，会从万水千山走来

又带你走进万水千山

恰如每一个春天

都从雪地里长出

都会开得万语千言

记忆

那棵树已生长三十年
我和你一起抱过的
那时你还扎着马尾
看我时一脸的懵懂

操场旁的那片竹林还在
我们在那里走过的
肩并肩没有牵手
你说喜欢竹子有节
我说风吹的声音，犹犹豫豫

校园里的树已变了模样
那片踢球的草坪还在
我记得你站在球网旁穿着裙子
你说你喜欢我的左脚
总有不经意的一射，让人欢呼

文化路九十五号
我三十年后回去的
那些纪念和热爱
树和草，那些十七八岁的孩子
希望是我当年的样子

雪

如此清白
从天空飞来，寒冷而温暖

宫殿，灯塔，城市的路，人和狗的房子，村庄，牛羊
阡陌田野，风和没有墓碑的坟墓
是他的床

太阳出来了
一切都干干净净

雨不是雨的泪

樱花的美丽是她自己的美丽
为谁开放为谁凋零
一切都在生长
雨不是雨的泪
雨是大海的孩子

思念在远方，思念遥远
一个有山海的地方，注定
千年不息，不息千年

青稞还是那棵青稞
粮食酿成了酒
今天今夜还是三月

与你樱花雨中过
只我醉吟鹧鸪天

2019年4月为海子而作

155

我喜欢你在的地方

我喜欢那里的云彩
和海
我喜欢你在的地方，我喜欢温暖
我喜欢那些海鸟，比如鹈鹕
我也愿做一只鸟

我喜欢椰林阵阵，和海浪滔天
我喜欢海之南和她的云
红树林可有可无
我希望，那个海边散步的少女
是我的姐妹

我喜欢一颗古老的树，缠着红绸
那是我的图腾
椰子树或已百年
我走在海滩，我思念崇山峻岭
和那棵你喜欢的树
我今生唯一钟情的是山川

山很遥远，海更遥远
我希望自己是一只折断双脚的雨燕
只有飞翔

浪迹在
最远的
红尘里

断章

我知道你会来的
在黎明初醒的早晨
樱花已经开放
叶子还在发芽
绿色还挂在去年冬天
只是我睡过了时间
我没有去那里
这些都是我的梦
你知道你在我梦里

我还是喜欢正午
那时阳光正好
花也开得灿烂
我的手很温暖
可靠近那些娇嫩的花
阳光照着我湿润的眼睛
风已经可以吹起裙裾

我和你手牵手

樱花开在枝头

我们走在花下

像是一生的时光

岁月不静但很美好

我知道你在遥远的地方

那里四季如春花团锦簇

风偶尔吹来

落英如雨花瓣如雪

你站在花丛中

长发飘飘

尽管如此

你不会念"门前一树紫荆花"

你和我一样地思念

这里开满樱花的春天

少年都给了青马竹梅

到如今何处寻一蓑烟雨

总言此生最爱清照，海棠梧桐

奈何竹杖芒鞋江海余生

樱花如梦

浪迹在
最远的
红尘里

雨不是雨的泪，雨是大海的孩子
——父亲和他心中的海子

任一

  父亲与海子或许是相识的，他小海子两岁，都在上世纪八十年代初考取大学，都把诗作为理想，都曾热衷笔会，在青葱岁月里指点江山，激扬文字。

  父亲是学医的，海子是学文的，想必一个医学生在一群文学青年中还是扎眼的，我相信他们的交往不会太多，但他们一定是惺惺相惜。

  一九八九年三月二十六日，海子卧轨山海关，这天他二十五岁生日刚过两天。当闻知海子自杀时带了《新旧约全书》《瓦尔登湖》《孤筏重洋》等四本书后，这些书就一直伴在父亲身边。

  每年三月，在海子的生日和祭日，父亲会找一些爱诗和不爱诗的朋友喝得酩酊大醉，然后写一些莫名其妙的文字。我想，这或者是他深藏于心的纪念。

  父亲说，有些感情，无论同性还是异性，只有少数人可以感受，有些人的心灵，无论伟大还是卑微，只有少数人才可以靠近。

  父亲说，海子是孤独的，孤独的不仅是他的思想，他的灵

浪迹在
最远的
红尘里

魂，更是他所走过的路，甚至连死亡都孤独得与众不同。

海子只活了二十五岁，人们却要用三十多年的时间纪念他。那些怀有理想的人，即使生命远去，也会心灵照耀，就像我们在晴朗或是阴霾的夜晚观看星空，我们会感觉到他们，看到他们灵动和智慧的眼睛。

海子是一个与天才擦肩而过的人。父亲说，只是他不愿意做天才，只想做一个诗人，一个可以用生命祭奠的诗人。正因为如此，海子不仅属于那个时代，还属于那个时代以后所有的岁月。

衡量一个诗人的价值，除了他的作品，他的读者，更重要的是他的追随者，还有历史和时间对他的记忆。海子去了，一个时代也就去了，却留下许许多多的怀念，尤其是像父亲这样的人。

然而父亲说得最多的是"读他的诗，远离他"。因为每一个走进海子内心的人都无法忘记他。诗和远方有时让人苦痛。

每个人一生的某些时候都会成为一个诗人，每个人的心中也都住过一个海子，和他"一见钟情"，在他那里感受"面朝大海，春暖花开"，在他那里读懂"今夜我不关心人类，我只想你"。

今年的三月，是海子三十周年祭，父亲没有写什么，然而四月一日，他写了这样的文字：

樱花的美丽是她自己的美丽

为谁开放为谁凋零

一切都在生长

雨不是雨的泪
雨是大海的孩子

思念在远方，思念遥远
一个有山海的地方，注定
千年不息，不息千年

青稞还是那棵青稞
粮食酿成了酒
今天今夜还是三月

与你樱花雨中过
只我醉吟鹧鸪天

"雨不是雨的泪，雨是大海的孩子。"父亲心中的海子，既忧郁又阳光，也身边也遥远，永远是那样的青春和生命。一个无处不在的海子，一个有着晴朗笑容的海子，是父亲永远的纪念。

"与你樱花雨中过，只我醉吟鹧鸪天。"每年三月，春雨绵绵，樱花如云。父亲说：叫一句"行不得啊哥哥"，身里身外都是眼泪，以前以后都是思念。

"想起你的时候，就想起夜半的野百合，一支晃摇着节奏的野百合……"

这是父亲常常吟咏的海子，深沉而思念。

163

浪迹在
最远的
红尘里

164

爱和理想的呼唤

——读父亲的诗《断章》

任一

人总是要靠理想和爱活着，也因爱和理想走向人生的归宿。在年少时，人们懵懂无知，但爱和理想却不会缺失，爱和理想眷顾每个心中充满着青春的少年。

我知道你会来的
在黎明初醒的早晨

在阳光初醒的早晨，人生就此开始，只是少年还在梦中，他还画不清未来的图画，共鸣不了爱和理想的声音。

日轮东升，少年成长，爱和理想像中午一样成熟和火热。

我的手很热
可以触碰那些娇嫩的花

"娇嫩"一词，写出了对爱和理想的热爱和呵护。

浪迹在
最远的
红尘里

樱花开在枝头
我们走在花下

写出了与爱和理想同行的期待，多么希望这是一生的岁月，尽管不静却很美好。只是人生多艰，爱和理想往往难随人愿，转眼青春已过，却发现爱和理想已很遥远。尽管仍然花团锦簇，仍然朱唇似丹，可早已物是人非，然而那个曾经的少年却痴心不改，坚信爱仍然我在，理想仍然在我。

你不会念门前一树紫荆花
你和我一样地思念
这里开满樱花的春天

"门前一树紫荆花"，让人想起了《竹枝词》，想起了那一地的紫色花瓣，想起故乡他乡的款款深情，但这一切都不是想要的，他的心里只有开满春天的樱花和樱花开满的春天。

人生如梦，梦有尽头。梦中的岁月，似水流年。最后一节，夜深人静读来，满面泪流。

少年都给了青马竹梅

看着满是无奈，实则是对爱和理想的深切怀念，没有岁月酿就，哪里有一壶好酒！

到如今何处寻一蓑烟雨

其实烟雨已过，早已我行我远。

总言此生最爱清照，海棠梧桐
奈何竹杖芒鞋江海余生
樱花如梦

本想会像李清照那样，写些"海棠梧桐"的词句，过着"朝思夜念"的生活。只是舍不得"竹杖芒鞋"的苏东坡，宁愿"江海余生""一尊江月"。爱和理想才是最后的归宿。

如今这个物欲横流的社会，还有多少人追求爱和理想？但茫茫洪荒，总会有一束光，像一个灯塔，照亮一片天空，哪怕小小的一块。

浪迹在
最远的
红尘里

后记

    这本诗集最初取名为《浪迹在最远的红尘里》，总觉着有些伤感。临送出版社之际，曾想改个名字，但最终没有。

    这本诗集收集整理期间，父亲突发肺炎住进了重症监护室，经百般抢救无果，二十三天后溘然长逝。我心情坏到了极点，生活被彻底打乱，情绪低落，恍恍惚惚。严重失眠，每天靠醉酒才能睡几个小时。于是，几个朋友约我去了西北，于他们是"拯救"我，而我却把它作为朝圣和还愿之旅。莫高窟、塔尔寺的膜拜；德令哈、格尔木的修行，都给了我最原始也是最升华的感受。这段日子也写了一些诗，包括这首《浪迹在最远的红尘里》。诗里夹杂着悲伤和无奈，记录了这段撕心裂肺的经历。我知道，这是另一种形式的怀念。

    聂鲁达说："诗歌在我灵魂的黑夜里指引我，释放我，束缚我，引领我经历孤独，经历爱，经历人事。"当我听到塔尔寺圣灵般的咏经声，看到莫高窟图腾一样的壁画和佛像，我想起了这句话。感谢一路同行的朋友，你们也是黑夜里的光。

    这本诗集共收录了诗作八十余首，包括"我想和你一起走过

浪迹在
最远的
红尘里

春天""浪迹在最远的红尘里""向阳的花和低头的麦子""总有一些美好，会从万水千山走来"四个章节，记录了生活中的点点滴滴，也用这种特殊的方式感受人生。浪迹在最远的红尘里，或许是生命另一种意义的寻找和重生，这也许是我最喜欢的方向和最希望的归宿，也或者是我最生动和最美好的诗句。

这些诗作写于不同时间和境地，大多是随心而为，少有打磨和雕琢。最开始是在朋友圈中流传，受到许多师长、朋友和同学甚至是只见过一面的陌生人的鼓励和支持，于今才决心付印成册，也仍以最初的状态呈现给大家。

华兹华斯说过："所有的好诗都是强烈情感的自然流露。"我不知道这些诗是不是好诗，这需要你的感受和评判。我也非常同意华兹华斯说过的另外的话："诗是一切知识的开始和终结，它同人心一样不朽。诗人是人性最坚强的保护者、支持者和维护者。他所到之处都播下人的情谊和爱。"有这些先贤的话就足够，这或许就是出版这本诗集的原因。希望哪怕一首、一句诗能打动你，走进你的心里，也希望这些诗能陪伴我，走以后很长很远的路。

感谢你能看到这本薄薄的诗集和其中平凡的诗句，这是我对你和这个世界最深情的告白。感谢你一直在我的生活里，爱我也和我一起爱这个世界。感谢总有一天你会走进我生命里。

以这本诗集：

献给所有爱我和我爱的人们，献给一切天国和人世安静的灵魂。

任大伟

2021年12月12日 于上海

浪迹在
最远的
红尘里

图书在版编目（CIP）数据

浪迹在最远的红尘里 / 任大伟著. -- 上海：上海
文化出版社，2022.1
ISBN 978-7-5535-2062-9

Ⅰ．①浪… Ⅱ．①任… Ⅲ．①散文诗－诗集－中国－
当代 Ⅳ．①I227

中国版本图书馆CIP数据核字 (2021) 第264580号

出 版 人 姜逸青
责任编辑 张 彦
题　　签 高建群
插　　图 沈雪江
装帧设计 王 伟

书　　名 浪迹在最远的红尘里
作　　者 任大伟
出　　版 上海世纪出版集团　上海文化出版社
地　　址 上海市闵行区号景路159弄A座3楼　201101
发　　行 上海文艺出版社发行中心
　　　　 上海市闵行区号景路159弄A座2楼206室 www.ewen.co
印　　刷 上海颛辉印刷厂有限公司
开　　本 890×1240 1/32
印　　张 6
版　　次 2022年1月第一版　2022年1月第一次印刷
书　　号 ISBN 978-7-5535-2062-9/I.951
定　　价 49.00元

敬告读者 如发现本书有质量问题请与印刷厂质量科联系　电话: 021-56152633